Este libro
pertenece a:

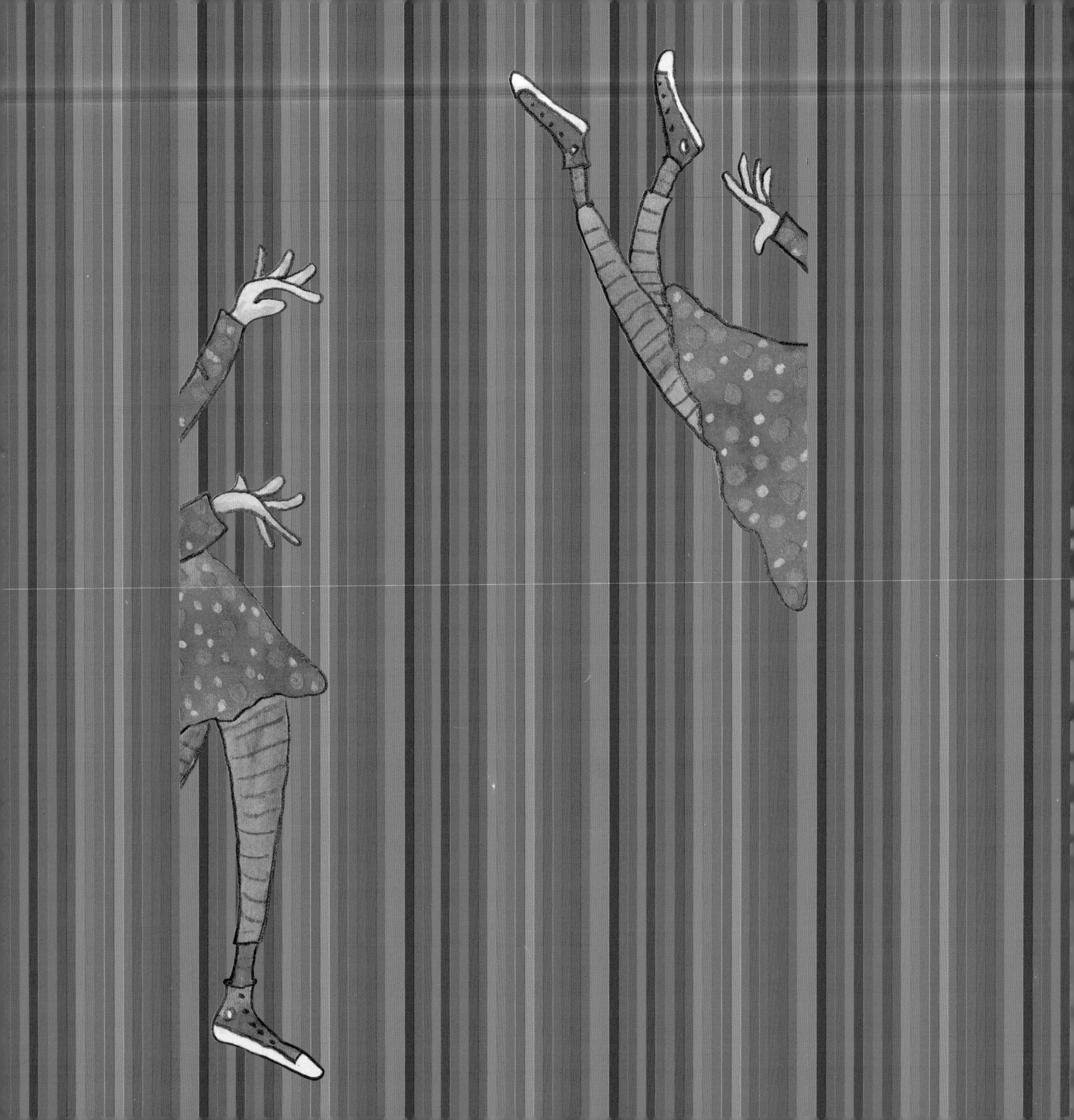

La cajita de las palabras todas

PANAMERICANA
EDITORIAL
Colombia • México • Perú

LA cajita DE LAS

Para:
María Mercedes, María María y Camilo José,
por ellos, indudablemente, el dejo tierno de todas mis palabras
se universa.

palabras todas

LUIS GERMÁN PERDOMO | OLGA CUÉLLAR

—¡Pa!

—Si...

—¿Te acuerdas del pesado
libro del otro día,
en el que dices
que juegan a las escondidas
los significados
y al que llamas
la cajita de las palabras todas?

—Cómo no acordarme...

EL

—Pues lo he abierto
y como un caracolito
de jardín,
lo he andado
una
y otra
y otra vez en un día,
y otras veces muchas
de otros días,
y he ido hurgando en cada hoja,
sin saltarme ninguna,
bajando muy atenta
por la escalerita que se forma
desde la A hasta la Z.
Preguntando a cada letra,
esculcando en cada entrada,
desenvolviendo los rollitos
de las menudas abreviaturas,
queriendo saber,
con esta heredada insistencia mía,
cuál de las palabras todas
es:

Sin duda alguna,
la más
bonita...

La más encantadoramente

dulce.

La más
resuelta y
alegre.

La que

canta

por sí sola,
imitando una
escala musical.

La que tan

corta

que se diga
en un solo soplo
de voz.

La que por ser
la más
sensible
pueda entender las
monerías de
los animales
y el silencio oculto de
las cosas.

La que no
se pierde de

vista

porque siempre está
al alcance.

La que

nunca

jamás

se olvida.

La más
expresiva,
tanto que,
al unísono,
convoque a todas
las demás palabras.

La que dibuja el

universo

en todos los idiomas.

La señalada por ser
la más
sincera
porque no
genera duda.

La que por su

ternura

ante ella se rindan
las adversidades
de la vida.

La que
no se detiene ante el
punto
final
y no hace la pausa
obligada de la coma.

La más

inteligente

en su esencia

y en su forma.

La que no significa

silencio,

sino un sorprendente estruendo de sonidos vivos.

Sí, ja, ja, ja, eso pensé
imagínate, que cuando
yo le dije, se fue
la luz, enton-
ces sonó el
ro, cuando abrí el
libro, salieron
muchas letras
y palabras
volando, y revolo-
teaban como una
moscas, nadie
podía ent-
ender
que decían, era
en un idioma que
yo no conocía, y que
parecido al
música, pero con más
vocales, es decir
no entendimos
nunca que
dijo

La más **fácil** de **escribir**, para que se aprenda de primera mano.

La que abarca
el cielo
imitando el vuelo
de las
mariposas.

La que
cuando hable
se descubra como
la más

graciosa.

La que se

piensa

y se

dice

de una sola vez.

La de suave
y marcado
acento.

Ya cada vez me desespero
y no la encuentro.
A veces, pienso
que he perdido el tiempo,
pero aún
saberlo quiero.

—¿Qué me dices, Pa?
Puedes, por favor,
alguna pista darme?

—¡Umhu!

HABIA UNAVEZUNA NIÑA Y A VECES ERA
MNÑOPQRSTUVWXYZ.
ENTONCES LMNÑOPQRSTUVWXYZETA.
ASÍ PASOPQRSTUV.
DESPUÉS NADABCDEFGHIJKLMNÑ
OPQRSTU.
ERA MUY DE MAÑANA Y TOPQRST
UVMÑOPQ.
ESO ES TODO DE TODO. QUE
TAL VEZ ABCDEFGHIJKLMNÑOPEQU
ERESE TE UVE DOBLE VE.
SALIÓ EL SOL A BE CE DE EFE GHI
JKLMNOPQUUERE.
AY, DIJO EL CONEJO. EFE GE
ACHE I JOTA KA ELE, EME
EÑE O, PERO.
ES LA PRIMERA VEZ QUE VEO
QUE A BCDEFGHIJKLMN
OPQRS. TU.
LA CAJITA DE LAS PALAB

—Pues no la busques más
en la cajita,
porque
hace mucho tiempo
que de allí
yo la he sacado,
y la he dejado
por ahí,
libre
al viento,
para que
todos puedan,
cualquiera sea,
llevarla enredada
en el mágico
y delicado encanto
de la voz.

TODAS
PALABRA

—¿Cuál? Pa,
dime
cuál.

—¡Tú!

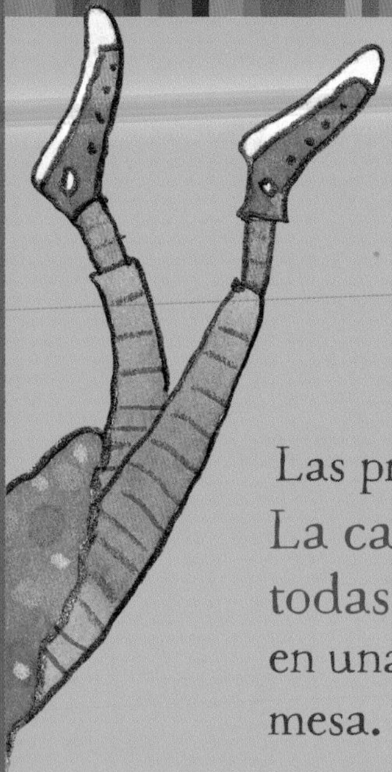

Las primeras líneas de
La cajita de las palabras
todas fueron garabateadas en una sencilla servilleta de mesa. Todos los días, desde que mis hijos descubrieron la extraordinaria y conmovedora experiencia de saber leer, al momento de prepararles la lonchera, abría una servilleta en dos mitades y les escribía algo, la otra mitad la dejaba en blanco. En principio, fue una estrategia pensada para que cuando la abrieran, se encontraran a boca de letra con la notica del día, después ya no fue necesario el ardid, pues, según me confesaron, y aun ya grandes, que la servilleta garabateada era lo primero que buscaban porque habían descubierto, por fin, cómo era que me escondía en cada trazo de letra. Siempre les dije que allí estaba yo, y era cierto, lo estaba. Unas veces me les escondía en el churumbelito de la a. Otras, en la curvita embombada de la b, o las más de las veces, a lo largo de la palabra alegría

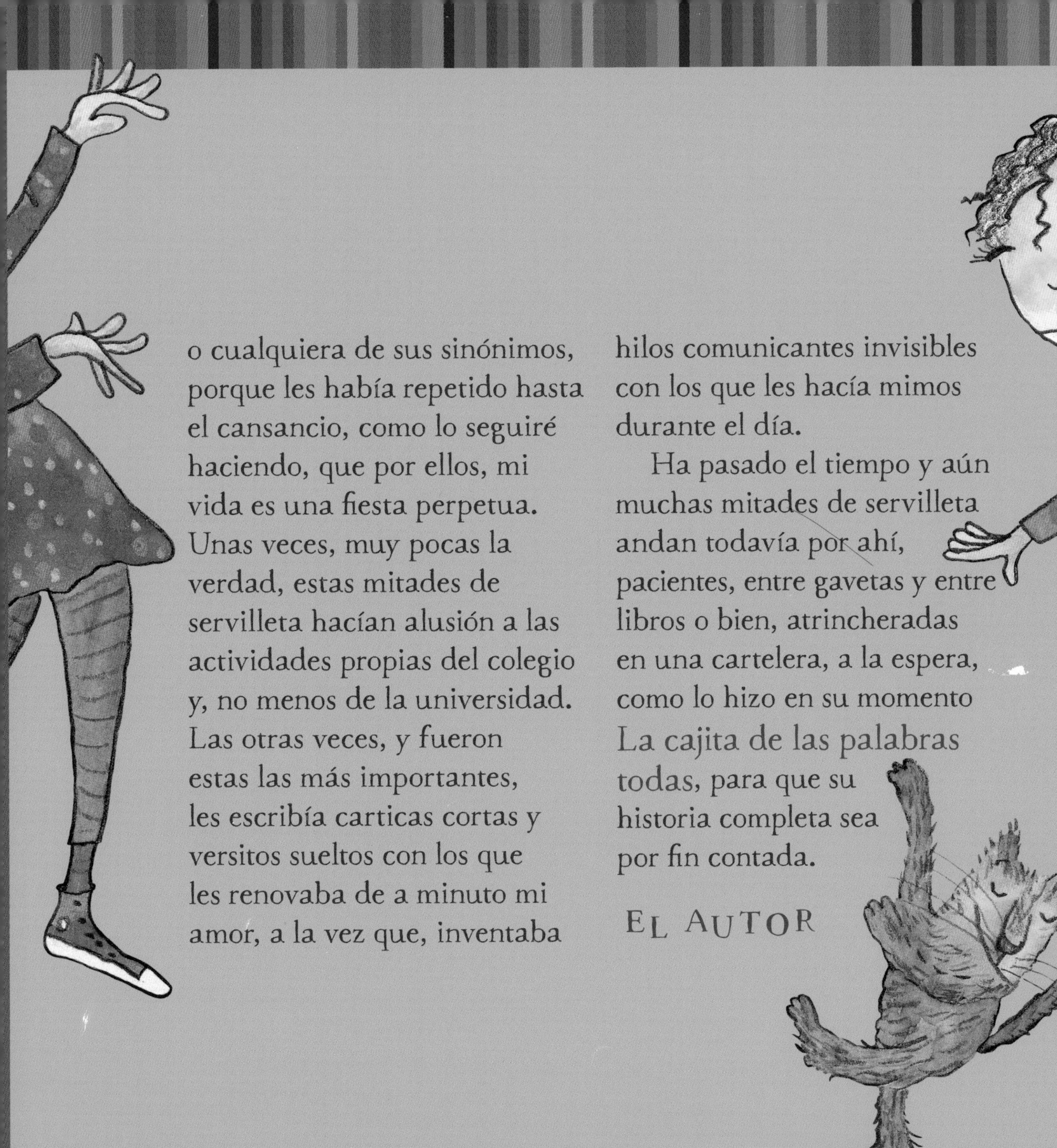

o cualquiera de sus sinónimos, porque les había repetido hasta el cansancio, como lo seguiré haciendo, que por ellos, mi vida es una fiesta perpetua. Unas veces, muy pocas la verdad, estas mitades de servilleta hacían alusión a las actividades propias del colegio y, no menos de la universidad. Las otras veces, y fueron estas las más importantes, les escribía carticas cortas y versitos sueltos con los que les renovaba de a minuto mi amor, a la vez que, inventaba hilos comunicantes invisibles con los que les hacía mimos durante el día.

Ha pasado el tiempo y aún muchas mitades de servilleta andan todavía por ahí, pacientes, entre gavetas y entre libros o bien, atrincheradas en una cartelera, a la espera, como lo hizo en su momento La cajita de las palabras todas, para que su historia completa sea por fin contada.

El Autor

LA cajita DE LAS palabras todas

EDITOR Panamericana Editorial Ltda.

EDICIÓN Raquel Mireya Fonseca Leal

TEXTO Luis Germán Perdomo

ILUSTRACIÓN Olga Cuéllar

DISEÑO GRÁFICO Camila Cesarino Costa

PRIMERA EDICIÓN febrero de 2016

Calle 12 No. 34-30. Tel.: (57 1) 364 9000
Fax: (57 1) 237 3805
www.panamericanaeditorial.com
Bogotá D.C., Colombia

ISBN 978-958-30-5048-0

Impreso por Panamericana Formas e Impresos S. A.
Calle 65 No. 95-28. Tels.: 4302110 - 4300355.
Fax: (57 1) 2763008
Quien solo actúa como impresor.
Impreso en Colombia - *Printed in Colombia*

Perdomo, Luis Germán
La cajita de las palabras todas / Luis Germán Perdomo ; ilustradora Olga Cuéllar. -- Editora Mireya Fonseca Leal. -- Bogotá : Panamericana Editorial, 2015.
92 páginas : ilustraciones ; 22 x 22 cm.
ISBN 978-958-30-5048-0
1. Cuentos infantiles colombianos 2. Familia - Cuentos infantiles 3. Valores sociales - Cuentos infantiles 4. Palabras y frases 4. Vocabulario I. Cuellar, Olga, 1953- , ilustradora. II. Fonseca Leal, Raquel Mireya, editora III. Tít.
I863.6 cd 21 ed.
A1506197
CEP-Banco de la República-Biblioteca Luis Ángel Arango